D.L. B-31.564-03

Le Rat de ville

Le Rat des champs

Illustré par Graham Percy

PERALT MONTAGUT EDITIONS

Il était une fois un rat des champs fort heureux qui recevait à souper le rat de ville. Ce vieil ami venait de la cour du roi.

Afin de régaler son invité,
le rat des champs sortit ses
meilleurs fromages, son
meilleur lard.

Puis il servit à son hôte, du jeune et tendre maïs
ainsi que du pain bien croustillant.

Il alla chercher de l'eau fraîche à la source la plus pure de la forêt voisine.

Après ce succulent repas, les deux rats s'assirent devant la cheminée et se mirent à bavarder. «Mon ami, je n'arrive pas à comprendre comment tu peux supporter cet endroit lugubre et cette fade nourriture de campagne».

«Chez moi, à la cour, ce ne sont que mets délicats, et de plus, on donne toutes sortes de bals et de fêtes magnifiques.
Il faut absolument que tu t’en rendes compte par toi-même! Viens donc avec moi demain... Qu’en penses-tu, Rat des champs?»

«La nuit me portera conseil, mon ami, je te donnerai ma réponse demain».

Le lendemain matin, le rat des champs s'en alla réveiller son vieil ami.
«J'ai pris ma décision, je pars avec toi!»

Ils cheminèrent toute la journée si bien que quand ils atteignirent la cour du roi, il était fort tard.

Ils entrèrent dans la salle des banquets, et là, ils trouvèrent les restes d'un somptueux repas.

Alors ils se régalèrent de toutes sortes de gâteaux et de desserts.

Ils partagèrent même une coupe de champagne.

Or, quand ils allaient entamer de délicieux fromages, ils entendirent soudain les aboiements d'un gros chien qui arrivait en courant.

Ils furent encore plus effrayés par le miaulement d'un chat!

Puis ce fut le martèlement des pas des domestiques venus débarrasser les tables.

Tout cela fit détaler le rat de ville. Il regagna son trou si prestement qu'il n'eut même pas le temps de raccompagner le pauvre petit rat des champs.

Celui-ci, terrifié, ne trouva qu'un pompon pour se cacher.

Lorsque le calme fut revenu, le rat de ville sortit de son trou à la recherche de son ami. Quand il l'eut retrouvé ils se précipitèrent tous deux vers l'élégant appartement du rat de ville derrière le mur de la salle des banquets.

C'est là que le rat des champs déclara d'un ton calme mais ferme: «Tous ces merveilleux repas et toutes ces somptueuses fêtes sont constamment interrompus par ces alertes et ces dangers, eh bien! je préfère regagner mon humble logis et manger ma nourriture toute simple dans ma paisible campagne.»

«Rat des
champs, Rat des
champs, ne veux-tu
pas passer la nuit chez
moi?»

«Non, merci! J'en ai assez de la vie de cour!» lança-t-il et il dévala le mur du château couvert de lierre.

Il passa rapidement devant les grosses bottes resplendissantes des gardes.

Puis, il se glissa sous les hautes grilles du château et disparut dans la nuit.

Il ne s'arrêta de courir qu'une fois arrivé chez lui. Le soleil se levait et tout était paisible.

Le rat des champs, ravi, avait regagné son modeste logis.

Achevé d'imprimer sur les presses de
SETGRAF Pentarix Systems Grafics SL, Sabadell – Barcelone (Espagne)